蓝鸿诗集

百味 110

蓝 鸿 著

群众出版社
·北京·

目　录

第二辑　警车在路上

第三辑 无悔的“囚徒”

第四辑　一个人的约会

第五辑　罂粟花开

第六辑　赞歌献给你

序

张跃进

诗集《百味 110》取材于近年来苏州公安转型发展的生动实践，用诗歌的语言，对苏州公安队伍的现状及苏州公安文化建设进行了全方位、多角度的展现和解读，让人耳目一新。

虽然之前也为蓝鸿同志的作品《剑光——中国警务辅助实录》写过序言，然而诗集《百味 110》却让我对作者有了更加深刻、全面的了解。且暂不评价诗的内容，单单是那一本殷实厚重的诗集，便让我对作者由衷赞叹起来。十年来，作者几乎从未间断，精心创作警营诗歌作品百余首，她那种勤奋与执著，那种对生活的洞察入微以及对公安事业的深厚感情，可见一斑。

细细品读《百味 110》，我感触更多的是诗中所体现的那份真。因为真，所以朴实感人，没有过多的华丽辞藻，没有刻意的渲染修饰，作者用最为朴实的语言，将警营的百味生活、人民警察忠于职守、无私奉献的英雄本色描绘得淋漓尽致。诸如，在《社区民警》中，作者这样开篇："说不出家里的厨具是什么颜色/却数得清小区的居民有多少户/记不住父母的生日是哪一天/却记着孤老的油盐还剩多少"，语句朴实无华，却是社区民警日常工作最真实的写照，文中没有提及一个爱字，但透过字里行间，人民警察那种舍小家为大家的大爱情怀让人一览无遗，感人至深。

又如诗歌《无名英雄》，读到“火舌舔着眉发/热浪打着肌肤/勇气是钢盔铁甲，所向披靡……”这段时，曾经亲身经历大小数百次抢险救灾现场的我，更是热血澎湃、思绪万千，为了百姓的生命财产安全，人民警察临危不惧、勇往直前的情景又一一浮现在眼前，他们那种百姓守护神的英勇形象跃然纸上。

诗集中自然也不乏气势磅礴、雄浑大气之作，《赞歌献给你》这首诗长近百行，浓缩了公安工作的许多方面，语言丰富、节奏感强，热情洋溢地讴歌了人民警察克己奉公、一心为民的奉献精神和职业操守。诗集共分六辑，几乎涵盖了110接处警、治安巡逻、刑事侦查、户政管理等各个公安工作岗位，或叙述，或议论，以小见大、深入浅出，用简练的语言直抒胸臆，反映了广大公安民警现实工作生活中的真情实景，他们也与普通人一样，有甘苦、泪水、欢笑，人民警察形象被刻画得有声有色、有血有肉，与诗集标题“百味110”遥相呼应，足见作者的语言功底和文学修养。

整部诗集围绕人民警察“忠诚、为民、公正、廉洁”的核心价值观这一主线，将苏州公安文化建设的成果生动形象地展现在广大民警及群众面前，宛若一幅壮丽多彩的文化长卷，对于长期默默奋斗在公安一线上的广大民警来说，无疑是一场情感最深处的对话与交流，春风化雨，滋润着他们的心房，给他们以巨大的鞭策和鼓舞；对于广大百姓来说，无疑是让他们了解苏州公安队伍的一个重要窗口，是拉近警民距离、增进警民情谊的重要纽带。

不得不提的是，作者曾经在公安机关十多年的工作经历，使得她与各个一线岗位上的人民警察有过深刻的交流，对于他们在各自岗位上的经历感同身受，因而对人民警察充满了理解和敬意，对公安事业怀有深厚的感情。不难看出，作者对人民警察这支队伍的深厚情谊，成为其勤于创作的动力之源；而作者的这段工作经历则成为其精于创作的灵感之源，作者取材于实践，又立意高于实践，将文学之美与实践之美融会贯通，成就了《百味110》的美丽篇章。

这里，我想到了近年来苏州警营所涌现的各种多姿多彩的公安文化现象，从局长信箱中广大民警的互动交流，到姑苏警苑文化论坛中的切磋探讨；从民警论坛、宣讲平台中的激昂陈词，到警营恳谈中的开怀倡导；从创意警务论坛中的思考创意，到日常警务工作中的理性思维……苏州警营文化犹如雨后春笋般发展壮大。

文化而润其内，养德以固其本。近年来，苏州公安正是以培养文化自觉，提升文化自信为目标，着力建设警营文化，形成了以创意创新和理性思维为主要特色的苏州公安儒警文化，为苏州公安转型发展提供了强有力的思想保证、精神动力和文化支撑。如今公安文化已经深深扎根苏州警队的方方面面，与日常警务理念交相辉映，成为驱动苏州公安向警务现代化不断迈进的强大软实力。

（本序作者为江苏省苏州市人民政府副市长、市公安局党委书记、局长）

第一辑

警服下那颗跳动的心

时刻准备听候人民的召唤
心中的爱，都浓缩成
警服下那颗跳动的心

警服下那颗跳动的心

穿上了警服
我就把生命和灵魂交给了你
警徽闪耀着神圣与庄严
警服威严，赋予正气和信念
肩章无言，承载光荣与使命
我自豪，我是人民警察

亲爱的父母
在你们最需要的时候
总是看不到我的身影
为了侦查案件
踏遍了社区的每一个角落
唯独没有在母亲的病床前
尽一份儿女的孝道

亲爱的爱人
在每一个合家欢聚的节日
总是让你与孤独相伴
为了欢度节日
精心维护着社区的安宁祥和

唯独没有与最爱的人
分享节日的快乐

亲爱的孩子
在你面前，每一次承诺
都变成了无法兑现的遗憾
因为我是人民警察
时刻准备听候人民的召唤
心中的爱，都浓缩成
警服下那颗跳动的心

奔波的汗水里，有我深深的爱
正义的鲜血里，有我无私的爱
这一份爱啊
浸透了警服里，每一根纤维
闪亮了警服上，每一粒纽扣

午夜深沉，我甘愿用双脚丈量
城市的每一个角落
在罪恶与危险面前
我甘愿用血肉之躯
捍卫法律的尊严

把生命和灵魂都献给了你
我无悔，我是人民警察

督察情

自从有了你的身影
警徽的光芒更加灿烂

你是一道特殊的风景
共和国里最鲜明的旗帜
你是一面锃亮的镜子
警容风纪在映照中更加严谨

你是一把笔直的标尺
是非曲直在衡量中更加鲜明
你是一本典范的书籍
一丝不苟书写着警察的言行

你是一柄锋利的宝剑
让逆境中的警察无畏无惧
你是一缕和煦的春风
轻轻抹去警群之间的乌云

督察、防范、服务、保障
三百六十五个日夜

八字方针是最响亮的誓言
明察、暗访、设点、流动
一如救死扶伤的良医
及时找准错误的症结
实事求是，依法办事
一贴贴药到病除的良方
忠于职守，不循私情
一味味祛风去火的药引

为了共和国的法律更加威严
为了人民警察的形象更加光辉
你把警务督察的重任扛在肩头
一边是神圣的法律
一边是亲密的战友
公平的砝码就是秉公执法

比警察多了一份责任
也多了一份艰辛
有鲜血和眼泪
也有委屈和误解

但有一种声音
始终伴随着你坚定的步伐
你骄傲
你是共和国的一名督察

警犬队里“兄弟情”

清晨，第一缕阳光
剪下一个个矫健的身影
风在倾听，空气中有我们
共同的呼吸

白球画出一个优美的弧
你的速度，比我的指令更快
箭一样冲向目标
小草们佩服得五体投地
扑咬，抛物衔取
每一个指令，每一个动作
配合得天衣无缝

你的嚎叫是正义的呼喊
你的奔跑是勇猛的姿态
锐利的眼神像闪电划破黑暗
锋利的牙齿似尖刀刺向敌人
你是我手中的一把枪
我是你胸中的一颗心
我们形影不离，亲如兄弟

你是犬类的精英
多一个警字，就有了许多光荣
我是平安的卫士
穿了一身警服，就扛起了神圣职责
艰苦训练是为了一种誓言
顽强毅力是为了一份执著
你和我，因为同一个目标走在一起

朝霞记录着你威风凛凛的身影
也记下了我坚韧挺拔的身姿
月光映射出你炯炯的目光
也照亮了我敏锐的眼神

抓捕现场，有你辉煌的战绩
治安巡防，有你无声的守护
巡逻线上，流动着一道威严的风景

拍一拍你的背，搂一下你的脖子
我的兄弟，我的战友
看，这一片风景多么美丽
鸟儿在歌唱，风在传递着幸福的消息
我们自豪，这里也有我们一份功劳

为了社会安宁，为了人民幸福
我和你，形影不离
时刻准备着

新年祝福

新年的钟声伴着祝福
警察朋友
这一年，你可好?

手势是一种语言
十字街头
你是一道亮丽的风景
严寒酷暑
把背影渲染得更加庄严

微笑是一种力量
窗口前台
你是一面精神的旗帜
事无巨细
把警民关系梳理得更加密切

疲惫是一种光芒
跋山涉水
你是一把锃亮的利剑

擒凶除恶
把道路清理得更加平坦

转眼又是一年
崭新的警服开始褪色
耳鬓的白发又生了几许
节日休闲不属于你
团圆欢笑不属于你
你总是站在阳光的背后
流汗，或者流血

社区大妈念叨你的好
鲜红锦旗记着你的功劳
生命的印迹如此厚重
甜酸苦辣，一笑而过

你是平安和幸福的使者
在欢乐祥和的新年里
我们把共同的祝福送给你
——平安，幸福

110 接警员

您好
110 报警服务台

没有白天和夜晚
也不分上班和下班
一踏上岗位，整个身心
就是不停旋转的陀螺

看不见罪恶和丑陋
也看不见鲜血和眼泪
此起彼伏的电话铃声
都是一颗颗受伤的心灵
在寻求帮助

每一个警情都是惊心动魄
每一种声音都是焦急万分
每一秒钟都是千钧一发
每一次应答都是性命攸关

哪里有抢劫，哪里有命案
哪里有求助
科学合理的调度，把最快的警力
安排到最需要的地方

110 接警员
一个坐阵指挥的将军
在没有硝烟的战场上
与时间争分夺秒
与罪犯斗智斗勇

法　医

比医生多了一身湛蓝
比警察多了一把手术刀

忘不了第一次触摸腐尸
胃中翻江倒海
忘不了第一次取得证据
心中欣喜若狂

与暴力交手，是为了打击暴力的嚣张
与死亡约会，是为了生命的价值和尊严

日月交替，眼里没有了
恐惧、恶心和肮脏
寒暑继往，心中充满了
真相、正义和职责

不言工作中的艰辛
不谈生活中的挫折

一份执著和信念，支撑着走过了
一个又一个难关

面对死亡，只有法医才会露出
最灿烂的笑容

女警情怀

少了长裙的妩媚娇柔
多了警服的端庄威严
少了一份浓妆淡抹
多了一份飒爽英姿

户籍窗口，盛开着灿烂笑容
痕迹鉴定，闪耀着细腻专注
调解纠纷，传递着善解人意
侦查破案，迸发着机智英勇

女人如花，她偏愿
做一枝抗击风雪严寒的腊梅
站在冬天的路口
守护百花争艳的春天

也有七彩斑斓的梦想
也有万缕千丝的情怀
只因警徽下一句庄重的誓言
女人一生的情怀
都隐藏在神圣的警服里

户籍民警

窗口，一道独特的风景

人要精神，再大的痛苦
都隐藏在笑容的背后

物要整洁，所有的凌乱
都找不到存在的理由

说话要和气
面对形形色色的来访者
递上一张热情的笑脸

办事要公道
面对千奇百怪的咨询
捧出一颗真诚的心灵

音容笑貌，代表为民服务的宗旨
言谈举止，展现公安机关的形象

户籍民警，举手投足间
在群众心里烙上了
人民警察的形象

社区民警

说不出家里的厨具是什么颜色
却数得清小区的居民有多少户
记不住父母的生日是哪一天
却记着孤老的油盐还剩多少

一张警民联系卡
轻轻地敲开了千门万户
一颗为民服务心
渐渐地走进了群众心里

东家的防盗门，西家的报警器
南面菜市场的小纠纷
北面大酒店的客码单
社区民警的心里装着一本大日记

没有豪言壮语
朴实得如同脚下的土地
如笔的双腿
在霞光与星光的交替中
尽心尽责地书写着
小区的书名——平安

警服

每一根纤维
都蕴含着法律和尊严
每一粒纽扣
都代表着正义和忠诚

风霜雨雪
洗涤出四季的辛劳
日月星辰
闪耀着警魂的光辉

汗水浸透的色彩
在群众眼中倍感亲切
鲜血染过的色彩
在罪犯眼中更显威严

唯有挺直身躯
才能穿出一身正气
唯有爱憎分明
才能保持肩章平衡

闪闪的警徽啊
时刻考验着警服下
那一颗跳动的灵魂

板凳警察

板凳很普通
警察很平凡
组合在一起
却成了一幅感人的画面

社区走访
板凳拉近了与百姓的距离
静夜守候
板凳夯实了警察坚毅的背影

原本是千万社区民警的缩影
一双善于捕捉镜头的眼睛
在网络掀起了一次又一次
板凳精神的浪潮

板凳无声无息，书写着
为民服务的动人篇章
警察没有豪言壮语
却点亮了一盏爱民之灯

夜巡

午夜
星星是你巡视的眼睛
风儿伴你
踏遍每一个黑暗的角落

城市均匀的呼吸里
有一片忠诚和执著
默默奉献，一如大地深沉

一盏盏路灯
最懂你的心事
漫漫长夜，夜虫与你
一同唱响平安之歌

冷了，信念是一把炽热的火
倦了，职责是一掬清凉的水
偶尔抬头望，月光
把头顶的警徽
照耀得熠熠生辉

伏击

时间是细小的蚊虫
叮咬着毅力的身躯
寒冷，或者炙热
饥饿，或者麻木
都是无关紧要的名词
用恪尽职守的橡皮
就可以轻轻擦去

有一种等待
刻上了疲惫的印迹
警徽下的双眼，却依然
炯炯有神

汗水，只是一种生理现象
鲜血也证明不了什么
最终的目标还没有出现
所有的语言都失去意义

只有一种姿势，始终未变
坚持，坚持
再坚持

平安卡口

红蓝警灯，闪闪烁烁
夜空，星辰睡眼迷离
卡口，值勤交警
用一双锐眼把过往车辆
一一扫描

酒精测试，盘查嫌疑
蛛丝马迹逃不过火眼金睛
从傍晚至午夜，或者从凌晨到清早
夏风和蚊虫
一直忠心耿耿，相随左右

反光衣下，疲惫的身躯
散发着夏日的味道
酸胀的手臂和醒目的指示牌
举起落下之间
谱写着一曲
平安之歌

除夕夜

又是一年情债
饺子的味道
从电话线里爬出
润湿了味蕾

冷寂的值班室
忠诚，是一抹背影
安静的监控台
奉献，是一缕呼吸

他，一个平凡的人
此刻却如天使
在监控视频里感受着
人间的和谐安详

灿烂的烟花里
也有家人的理解和欢笑
守在一年的终点
他用平安迎来了
新春的
第一缕阳光

大年初一

打工妹拎着感激的水果
走进派出所大门

流水线上的血汗
在一夜之间不翼而飞
年的味道化作酸涩的泪水

18 小时追回 365 天
警察的日夜兼程里
承载着打工妹的希望

从警生涯中
苹果是一枚最好的勋章
所有的艰辛，变成了
甜蜜的味道

所领导激情表态
这份礼物
我们一定收下

大年初二

下班时间
职责没有休息

给小区大娘送上祝福
为贫困少年增添信心
一份承诺
把警徽擦得熠熠生辉

自愧不是孝子
那一抹背影，总把父母的
牵挂扯疼

也有柔情万千
跋山涉水换来更多的
花前月下

轻轻推开家门
笑脸在疲惫中写满幸福
儿子，今天我休息

亮 剑

一抹湛蓝
一道锃亮的锋芒
警徽的银光，折射着
一个神圣的使命

亮剑
忠诚铸剑身，无畏炼剑胆
执著化剑气，一个转身
剑已刺破世间浊物

亮剑
柔若心，硬如钢
可以流血，拒绝流泪
一句誓言紧握剑柄

挫折是一块磨剑石
平凡的心装着百姓安危
剑在手，精气神凝成一道光芒

亮剑，亮剑
从此，所向披靡

信息研判

从眼睛开始启程
踏上一条信息之旅

监控视频，瞬息万变
半杯茶，一个背影
有时间在呼吸中谨慎地游走

偶尔，也有懈怠扰乱心境
蛛丝，一闪而过
马迹，稍纵即逝

有一种声音，如水
溢出心底，渗入骨髓
时时触碰一下麻痹的神经

一颗心一路相随
可以疲倦，却不能放弃
允许乏味，却必须坚持

从数万个画面中寻找线索
毅力、睿智、忠诚
一个都不能少

审　讯

血液愤怒，在体内横冲直撞
手上的青筋让呼吸粗重
此刻，我真想揍他

一个无视法律和他人生命的人
手上的鲜血，嘲讽的眼神
让人抓狂

罪恶的气息激怒着我
痴迷于这一追寻的过程
不分昼夜，不惧冷暖
甚至舍弃了
一场又一场约会

偶尔，拳头蠢蠢欲动
只想让正义出击
击碎一切恶念

警徽闪闪
心，静了下来
手中的笔代表法律
开始审讯

第二辑　警车在路上

警车在路上
为千家万户
守护一份平安

警车在路上

110 是一根指挥棒
警车在路上
为千家万户
守护一份平安

春雨中，救助跳河的女子
夏日里，护送中暑的老人
秋月下，追捕行窃的疑犯
冬夜里，盘查可疑的目标

日照青春痘
雪落双鬓白
三十余年，车轮滚滚
警车还在路上

誓言之后
他把人生安放在警车上
真正的家
却成了生命中的客栈

警车在路上
使命在路上
人生的光彩也在路上

找到他，就找到了回家的路

街心公园
年老痴呆的身影
拨动了 110 的神经

商业街上
迷路哭泣的童声
把路人的脚步搅乱了

红蓝灯一闪一闪
抚慰了一颗颗不安的心

他，高矮胖瘦
不同的笑脸，却穿着
同一身制服

迷路的老人，或者小孩
只要找到他，就找到了
回家的路

路边产房

下夜班的女工突然腹痛
九月的胎儿即将临盆

凌晨两点的马路上
闪烁的红蓝警灯掩饰不住
一个未婚警察的焦急和尴尬

救护车和医生还在电话里呼救
羊水已经打开生命之门
孕妇的呻吟里隐藏着
另一个即将爆发的声音

迫在眉睫，危在旦夕
路边产房临时搭起
威武的警服是一顶爱的帐篷

哇！声音多么嘹亮
沾染血污的警服

轻轻托起生命的摇篮

人性的光芒
在一枚警徽中熠熠生辉

醉酒女郎

酒吧门口，醉酒女郎撒泼在
一片嘲讽和热闹中

刺鼻的酒味拨错了某根神经
天下男人在哭骂声中死去又活来

酒精不知好歹，教唆腹内污秽
一齐喷向威武的警服

警车穿梭在深夜的大街小巷
女郎在醉语中胡乱指点着
家的方向

车内，空气酸臭着呼吸
女郎的呼噜里
时间散步在平安之夜

酒精逐渐退潮
女郎满脸狐疑

我怎么会在警车上

警察瞬间失语
一张脸笑成了苦瓜

耳光响亮

第一次接处警
嘈杂菜场里的小纠纷

蛮妇的怨气甩成一记耳光
清脆地响在实习警的脸上

惊！怒！青春痘开花
沸腾的血液里伸出无数双手
警徽闪着冷静的光芒
瞬间扑灭内心的怒火

苦口婆心
拔掉纠纷双方心中的杂草
宽容理解
精心培育和谐社会的芬芳

团团，不疼吧？
老婆婆慈爱的一句问话

让青春痘泛酸

扭头的那一瞬
泪水涨满了眼眶

深夜，一辆未锁的汽车

桑塔纳无辜敞着车门
只怪主人归家心切
疾风狂雨中，忘了夜色
更加迷糊

午夜，一辆未锁的汽车
牵住了巡逻的脚步
两个湿淋淋的身影
在夜的呼吸里
寻找车主

电话睡了，线索也睡了
一夜心安，雨点弹奏着催眠曲
他的梦里，阳光明媚

清晨，细雨飘扬在他的脸颊
两个守候车旁的身影
在他眼里化成重重的感叹号
千言万语，他只说得出
谢谢

高速公路上的春节

踩着年的尾巴，循着蛛丝马迹
奔赴，天南或者地北

一条崎途
前面的人，逃得心慌
后面的人，追得心紧

冰天雪地，结局不是一副手铐
归途，才是另一场艰难的斗争

一包饼干，两个面包
两名警察，一个逃犯
在瘫痪的高速公路上，迎来了
春节的脚步

戴手铐的逃犯吃得最饱
饥渴的警察捧起了一团白雪

罪恶慢慢地融化了
人性的光辉
照暖了新的路途

这个冬天并不冷

一场大雪，让他的职业更加神圣
凌晨三点，一支扫帚触摸大地的温度

铁锹是枪，而敌人是厚厚的积雪
不同的岗位，蕴含着同一种职责

候车室，五湖四海
她的笑脸，让那些焦渴的神经
触摸到了家的温暖

雪天买菜，小巷总理的头等大事
东家阿婆，西家大爷
一份果蔬传递着人间情暖

踏雪寻梅，红唇在婚纱上绽放幸福
孩子们的笑声，躲藏在雪人身后

年的脚步踩响了爆竹
喜庆，从心底开出花来
江南，一场大雪告诉人们
这个冬天并不冷

线　索

废寝忘食，牵肠挂肚
比恋人的气息更令人着迷

从罪恶启程，在人性的迷宫里
消耗智力和体力
矿泉水做伴，方便面作陪
失眠缠绕，困乏相随

任何蛛丝马迹都是兴奋剂
黑夜比白昼更亮
大海捞针，柳暗花明

一盏夜灯证明
那一堆数据，可以追回
一个老人失去的财富
一件浸透汗渍的警服
可以在一枚指纹上寻回
一个少女的尊严

细心触摸着线索的脉搏
正义大喝一声
案子破啦

守候一场婚礼

一对新人在祝福中
走向婚姻殿堂

网上逃犯，准新郎
此时此刻
一个不能公开的秘密

十多个日夜，数百条线索
最后汇聚成一个方向

那个眼神充满了乞求
笑容里藏着一颗恐慌的心

藏在亲朋好友中
三个便衣警察
静静守候一场婚礼

人性执法，春风拂面
新娘笑靥如花

路边一景

七月流火，大地
是一只热气腾腾的锅
一位老人中暑了，在马路边
倒成了一个别扭的逗号

远处，一个冒号
渐渐放大成两个相似的人
湛蓝的制服背后，不规则画着
汗渍的白色图腾

冒号搀扶着逗号
停顿在一片树荫下
左边喂凉水，右边扇凉风
眼睛缓缓睁开，晃动着
两个陌生的微笑

喧哗的街市上
一个没有句号的画面
脚步匆忙一瞥，无数感叹号
藏在每一个看见这一幕的
路人心里

清网

罪恶潜伏
阴影里的一张网
不同的灵魂，扭曲着
在时光的倒退或者前进中
不安地晃动

正义出击
阳光下的一张网
共同的使命，追捕中
让时间的鼓声敲击生命的韧带

亲情，是一根隐形的线
一头连着阴影
一头在挣扎中渴望阳光

让一张网覆盖另一张网
在亲情的引导下
身躯束缚，灵魂却自由了

阳光透过网格
洒下千万个希望

最后一次出警

110 出警，小偷飞逃
他用六十岁的身体跑出了
二十岁的勇猛

慌不择路，企图渡河
水中，有个挣扎的身影

一片惊呼中
他跳入了冰冷的河中

小偷双膝跪地
救他的人永远地睡了

下午，退休欢送会上
只有一张照片
神采奕奕

无名英雄

火光冲天
豪气也冲天
踩着防盗窗和空调架
四楼，蜘蛛人神采再现

火舌舔着眉发
热浪打着肌肤
勇气是钢盔铁甲，所向披靡

关闭煤气阀
救出受困小孩
最危险的瞬间
一个身影从窗口跳下

119 消防车来了
一个崴脚的身影悄悄离开

一个路过的便衣警察
一个被躁动人群忽略的
无名英雄

一辆抛锚的汽车

马路上，人来车往
一辆汽车突然瘫在中间地带
喇叭们率先抗议
焦燥在热浪中迅速传播

中年交警走向汽车
一个敬礼挥下一串汗水
抛锚的汽车一脸无奈
面对警服闪过一丝怯意

交警帮忙推车
后背的警服上画着汗水图腾
烈日下的一幕
被一名摄影记者
瞬间捕捉

一个模糊的背影
浓缩了一个群体的形象
烈日下的城市，因为他们
有了一份
沁人的凉爽

突然下了一场雨

十字路口
手套雪白，皮肤黝黑
汗水把警服洗了一遍又一遍

嘴唇干裂
含着一枚清亮的哨子
眼神坚定
折射一缕烈日的光芒

车水马龙的一场交响乐
热浪滚滚，身姿挺拔
一丝不苟完美指挥
汗珠们争先恐后地
奔跑嬉戏

突然，乌云遮日
雷电交加
沸腾的路面行色匆匆

一个湿淋淋的交警
在一片朦胧的视野里
做着一种最清晰的
手势

蛋汤事件

谁家的蛋汤
洒了楼下男人的衣服

七旬老妇的针尖
对着尖嘴男人的麦芒
自私和小心眼打得遍体鳞伤
证据躲藏在人心之外

警察在蛋汤里透不过气来
衣服我来洗吧

派出所二楼，窗外的晾衣架上
一件衣服在风中扬扬得意

一只手伸出窗外
衣服在风的扇动下躲躲藏藏
警察像鸟儿一样折翅落地

谁是罪魁祸首
一碗蛋汤，还是
一件衣服

警笛声声

撞开时间的牵绊
垂危的生命系在了方向盘上

手握方向盘的那个人
目光如炬
看穿眼前一切障碍

在时间里沉稳地飞翔
数万次紧张、刺激的历练
一颗心早已平静如初

警笛声声，伴了十多年
创造速度的极限

急病患者被平安送到医院
他轻吁了一口气
开着警车
奔向另一个任务

寒夜的伤口

凌晨，寒气在胃部张狂
烟在嘴上，欲说还休

沿着电台的气息
警车碾过夜的脉搏
速度在左，方向在右
生命在时间上喘息

没有尽头
楼梯如隧道般幽暗
脚下的台阶
踩在一颗五十岁的心脏上

汗水喊出了疼痛
黑夜里的脸，白得像血
他怎么也背不动七旬老太

病重的老太
休克的警察
让警车追在时间的前面
划出了寒夜的伤口

这座城市真美

从崎岖山路到柏油马路
山里娃走得一脚深，一脚浅
警车呼啸而过
莫名的情绪如身后的影子

办理暂住证，第一次亲密接触
卡口盘查，身份证小心翼翼
工地上的法制课，警徽的光芒
和这座城市的阳光一起照进心里

出门靠朋友
一张警民联系卡
比父母的牵挂更管用

节假日游玩
山里娃迷失在城市的五线谱上
一辆警车呼啸而来
厂门口，十几名山里娃举目观望

警车送我回来了
山里娃一如凯旋的将军

第三辑　无悔的“囚徒”

但他甘愿做一个“囚徒”
只为了当初，警徽下
那一句神圣的誓言

无悔的“囚徒”

正义总与邪恶相伴
同一屋檐下
他与他们几乎没有区别

寒暑继往，他尽心地拔除
他们思想上的杂草
他的精神家园，偶尔
也有枯枝败叶，他总是忍痛地拔
悄悄地铲除

在这里，他们被迫丧失自由
而他，却是主动放弃自由

春夏秋冬，他们一个个进来
又一个个出去
他只多了一根根白发

但他甘愿做一个“囚徒”
只为了当初，警徽下
那一句神圣的誓言

那一抹身影

大众化的脸谱
淹没在茫茫人海
有时，是一名普通乘客
有时，是一个平凡路人
外相，千变万化
内心，始终如一

忠诚和机智，职责与执著
从一颗心出发
透过一双锐利的眼睛
散发着无限能量

一个可疑目标，几点蛛丝马迹
在犯罪临界点，他的目光
总能紧紧抓住一双罪恶的手

那身警服，只穿两次
第一次是誓言，最后一次

就是永恒

其间，有谁记住了
人海中，那一抹身影

那一瞬间，他忘了自己

匕首的眼神冰冷
残暴，在恐吓中胆怯自己的人
发出困兽的叫嚣

冲上去，迎着利刃的光芒
一种声音钻入肌肤
红色火焰被点燃
那一瞬间，他忘了自己

手铐的微笑，苍白
有力，是生命的力量在坚持
锃亮的光，来自警徽
眼神和信念

抓捕过程惊心动魄，震撼
从路人的眼睛直达心灵
马路小心翼翼，不敢轻举妄动

倒在地上的两个人
一个猥琐
一个光荣

一碗馄饨

冬，凌晨五点
巷口，馄饨摊上
一团白色火焰在燃烧

警车停下
一个身影边走边抖落
夜的寒意和疲倦

无须对白
几张零钞递上
一碗馄饨端来

一张脸在雾气里舒展
巡逻、抓捕、审讯
统统都消失吧
馄饨抓住了他最柔软的部分

年复一年，温暖成一种习惯
第四年冬日，一碗馄饨

悄悄地哭了

一次夜捕，那张脸
消逝在最黑暗的时间隧道

庆功宴上

一杯美酒
藏着多少矿泉水的寡淡
一份佳肴
含有多少方便面的无味

风雨兼程，通宵达旦
凭着一种精神
抗击饥饿、寒冷、疲惫和懈怠

56 天，35 个逃犯归案
一场胜利的追逃战
从四面八方吹响集结号

庆功宴上，缺了两个人
一个在医院挂水
一个到丈母娘家接老婆

局长的贺词还未讲完
新的任务又将开始
掌声中，有人
打起了鼾

最深的夜

夜的呼吸里
烟的味道时断时续
办公桌上的电脑
已掏空了我的思维

一场正义与邪恶的较量
消耗着青春、智慧、精力
剩下的都留给了眼睛
疲倦，充满血丝

眼睛睡了，灵魂
却想站起来走一走
办公大院安静得只有
一个人的心跳声

场角的路灯一如继往
我和它互看了一眼
来，兄弟
陪我抽一支烟

射击训练场上

目标，虚拟的罪恶
射击却真实而正义

子弹代表我的誓言
从心到眼到手
始终如一

每一次击发
子弹呼啸而去
记忆扑面而来
泪，模糊了双眼

一颗子弹
可以终结一场罪恶
也会成就一位英雄

左肩，在某些日子
总会隐隐作痛

怀念，一颗子弹
一位战友

办公室一景

早上八点
推开办公室的门
满屋的烟味，夹杂着汗水
隔夜的气息令人倒退

办公桌上，趴着半颗灰白的脑袋
茶几上，搁着两只汗臭的脚丫
沙发上，蜷着一个别扭的身躯

烟灰缸一片狼藉
快餐盒肮脏无礼
唯有桌上的案卷神采奕奕

一夜战绩辉煌
他们，却在黎明前
困于身体的倦怠

我把脚步放轻，却踩响了
一个哈欠，一个懒腰

噢？上班了
今天加个班
上午把人带到看守所

方便面的味道

这辈子最痛恨的食物
没有母亲的手艺
没有妻子的情义
夜班伏案，出差旅途
伏击守候
方便面的味道如影随形

四十余年的胃开始抗议
嘴却在各种调料的诱惑下
屡屡就范

方便面很有成就感
警察一生的荣誉
离不开它的丰功伟绩

新来的实习警眉头紧锁
一包拆开了的方便面
被遗弃桌角

方便面横眉冷对
哼，想当个好警察
先得过我这一关

为了谁

一道命令
让他们站成铜墙铁壁

群体事件，维护秩序
辱骂算什么
他们的意志坚不可摧

一名妇女把雨伞当作武器
他的盾牌承受着攻击
也承受着内心的委屈

烈日下，风雪中
他们的坚守，为了谁

持雨伞的妇女摔倒了
一双大手及时搀扶起她
望了一眼大手的主人
她拉着同伴羞愧地退出了人群

警徽下的誓言
离不开人民二字

再向你敬礼

空气凝重，右手缓缓地举起
泪光里，有你庄重的容颜

半个月前
你用生命奔跑在追逃路上
线索、追踪
超负荷的劳累让心脏彻底罢工

你睡着了
右手握着一支笔
一份案卷还未写完

四十六岁的人生
还有多少英勇事迹等着你来续写
三十七本奖状证书
还不够承载你完美的人生

送你最后一程
前面的路，我们继续奔跑
再向你敬礼
泪，代替了所有的语言

自打耳光的人

凌晨一点
城市睡眼蒙胧
风在呓语中
述说着一些夜的秘密

一辆警车行驶在归途
红蓝灯闪着疲惫和劳累

比朝阳升起得更早
第一缕阳光
照出了一个个执勤的影子

比星星回来得更晚
明月侧耳细听，车厢里
一片浸透汗酸的鼾声

穿特警制服的驾驶员
一路上，打了自己

三个耳光

蚊虫也蠢蠢欲动
准备与瞌睡虫较量一下

一个搬水泥的人

鹰钩鼻、小眼睛
一口乡里话
整天在工地上搬水泥

他的眼睛里
长着另一双眼睛
消瘦的身躯
藏着另一个人

白天，做苦力，出汗
与工友们喝酒、打牌
晚上，他用蛛丝与马迹
一点一点织成一张网

一千多个日夜
一张大网终于撒下
三十四个工友
被他一一送进了看守所

戴上功勋章的那一刻
手上厚厚的茧子
突然有了痛感

那年除夕

此刻，没有什么
比这碗酒更温暖了
在异乡，雪花漫天飞舞
我们煮酒言欢
都是英雄

捷报已让雪花捎到了南方
除夕夜，一个偏僻派出所
我们摘除了今年最后一枚恶果

爆竹声声，春的脚步近了
兄弟，再喝上一口
天明一别，又是天涯

那年除夕
青春痘第一次在外过年
队长的手机
传来了儿子的第一声啼哭

干杯，弟兄们
为了亲人，也为了自己

挽救自杀的男人

一个男人站在桥栏上
准备上演一幕悲剧

男人的生，与他无关
男人的死，却会伤了他的使命

大多数人的生命都在自己手里
而他的生命，好像从来不属于自己

如果男人跳了下去，那么
他也一定会跳下去

110 是一根绳索
缠了他半辈子，今天也将
紧紧抓住男人的生命

一身威严的警服，遮住了他
内心的暗伤

对 决

在罪恶沼泽中垂死挣扎
企图用沉默抵挡法律的审讯
一个人的顽固不化
消耗着三个人的精力

午夜，一场对决
时间作陪衬
目光与目光互相厮杀

黑夜的触须
从空虚的胃里爬出
挂上疲惫的眼角

找出语言中最厉害的武器
直抵人性的弱点
证据的通道缓缓打开
罪恶的灵魂束手就擒

对决中，正义也会沉默
但从不会失败

一位退休警察

警服脱了，职责还在
小区里一道特殊的风景

忙碌着，都是义务的
工作却不打折扣

东家防盗，西家防火
南家夫妻战争，北家婆媳恩怨
三十余年的经验，春风化雨
润物无声

该歇一歇了
老伴心疼，子女劝说
晚霞映满天，几缕白发
在风中燃烧着炽热的火焰

生命的浓度
世俗无法测量
他的晚年，夕阳正浓

午夜急救

黑夜颤抖着
狂风在雨点中疯狂肆虐
呼救声挣扎在江面上
一圈又一圈，画出
110 的写意画

有亮光掀开了夜的面纱
在桥与江面之间，一个身影
跳出了
令人震撼的弧线

风高浪急，前进在艰险中
缩短着死亡的距离
世界屏住了呼吸，救生圈
在落水者身上，再一次点燃了
生命的热度

职责，是一把双刃剑
虚脱在岸边，他在喘气声中
一点一点找回了自己

一颗子弹

子弹超过风的速度
在我的左肩发出同事的惊叫

周围震惊的目光里
我笑了
前面的人终于倒下

鲜血在我的身上跳舞
多年的搭档低声咒骂着
新来的警花美成带雨梨花

一颗子弹改变了空气的密度
嘿，轻松点
我成不了烈士

我只想闭一会儿眼睛
子弹在我的体内
真的很安静

它替我实践了
七年前的那一句誓言

雪地里的守候

冷，饿
面包和矿泉水
在时间的缝隙里
安抚身体的每一处疼痛

雪地里，他们是伪装的羊
等待一只凶残的狼

腊月里寻踪觅迹
远离家园，远离温暖
远离美好

靠近血腥，靠近罪恶
唯有狼的足迹
令思维敏捷，血液沸腾

此刻，身体逐渐变成一根冰棍
心依然如火，眼中的那束光
一直在闪耀

第四辑　一个人的约会

约会，经常是她一个人的事
一杯咖啡，一个背影
默默品味其中的甘苦

一个人的约会

她，临窗而坐
味觉是一杯卡布其诺
视觉，却是窗外十字街口
那个挺拔的背影

他的手势
比他的诺言更有力
车水马龙的五线谱上
行云流水弹奏着马路交响乐

他的承诺，常常比泡沫更短暂
来不及花前月下
又站成了一杆路标

约会，经常是她一个人的事
一杯咖啡，一个背影
默默品味其中的甘苦

蘸着他的背影，咀嚼一段时光
咖啡很苦，她的心有点甜
也有点酸

阳台上挂着一件警服

小区新搬来一个女人
一个年轻的女人
一个独身的女人
一个寂寞的女人
一个谜一样的女人

邻居们的闲言碎语里
女人黯然神伤

午夜，楼梯上的脚步声
叫人又爱又恨
那个胸膛来不及温暖
又匆匆走进清晨的曙光

男人带着誓言走遍天南地北
女人守着誓言经营温馨小家
在争吵中相拥，在泪水里微笑

有一天，阳台上挂着一件警服
女人还是独来独往
邻居们的目光
却多了一份敬意

夜归

怕踩疼了楼梯
脚步放轻些，再轻些
小心地掏出钥匙
忐忑地旋转
一颗心就要归位了

开门的瞬间
一抹淡黄的光扑面而来
玄关处的小夜灯
是她的牵挂，也是警告

蹑手蹑脚
声音最好闭嘴
让警服在客厅站岗

路过女儿的房间
停了一下，嘘
别惊扰了天使的美梦

把自己轻轻地放倒在床上
准备走进她的梦境

芭比新娘

去年，你的青春痘
是同事们就餐时的好佐料

缉毒警不常穿警服
你遗憾，穿警服帅啊
说不定连女朋友都有了

才干了一年多，你就厌烦了吗
非要迎着那颗子弹，做一次
生命的赌注

今天，躺在这里
你可以永远穿着警服了
我们的泪眼里
瞧你的笑容多么灿烂

你最后那句话——
让人心痛

兄弟，带上这个新娘
在天堂
好好谈一场恋爱吧

偶遇

带着疲惫和线索
从居民楼出来
一幕风景绊住了我的脚步

你大腹便便
身旁的他，温柔呵护
那一瞬间，有烟花在我眼中绽放

两年前
你羞涩的笑，牵动了我的情
最后一次约会
你哀怨的哭，刺痛了我的心

舍不得放你走
也舍不得这身警服
这道选择题，我找不到满意的答案

夕阳下，你唇边的笑
解开了我心上的结

爱你
只要你过得幸福

中秋月吟

月满，人影单
风来，双袖凉

独倚窗前
思念落了满地清辉

清辉里
也有你的身影吗
头顶的警徽
总比那一抹月华更耀眼

中秋月圆
你巡逻的脚步，可曾
为此停留片刻
发现，月色更添温柔

今夜，我把满月
放入盘中，等你
披着霞光归来
与我，蘸着相思共品

心愿

不计较付出与收获
差异有多大
只渴望假日的早上
能睡个美美的懒觉

不去算鲜血和汗水
滴洒了多少
只渴望辖区的每个角落
都在吟唱平安之歌

不去想爱情和亲情距离有多远
只渴望理解的纽带
紧紧系着彼此的心灵

许多苦，浸透在汗迹斑斑的警服里
许多累，镌刻在历经风霜的容颜里

荣誉和勋章并不重要
能在生命回首的那一瞬

说一声，无愧也无悔
人生的轨迹里，便永远闪耀着
警徽的光芒

谈判专家

一颗心走向另一颗心
每一次，都走得异常艰难

拿什么拯救你们
堕落的灵魂
向死神屈服的胆小鬼

有时，把思想化成武器
与罪恶的凶器作较量
有时，把语言变成救生圈
拯救一个绝望的灵魂

手无寸铁，也未必口吐莲花
谈判中，智囊全开
思想的须角却在隐隐作痛

每一次谈判成功
都无法抹平内心的暗伤
心爱的人越走越远

却只能失语

今生，唯有爱
无法谈判

眼神

站台熙熙攘攘
人群川流不息
他，淹没于平凡之中
射出一道道犀利的眼神

这是他最有力的武器
每时每刻都在搜寻
最亲密的敌人

亲密
不同的脸，不同的手
永远是他追寻的目标
敌人
让他把眼神化为利刃
割断罪恶与百姓的联系

最亲密的敌人
耗尽了他太多的精力
他的眼神，常常忽略了
身后，还有一片
深情目光

深夜，翻阅一份卷宗

深夜，一份二十年前的卷宗
让一颗心跌入一段记忆

下夜班的女子
在一个月黑风高夜
消失于一条不归路

卷宗四十一页
字里行间，藏着
警方的无奈
一个男人的悲痛
和五岁男孩的眼泪

泪光中
一顶警帽摆放在卷宗上
妈妈
中断了二十年
在这一刻无声地呼唤

一位年轻的刑警
从一份卷宗开始履行
这一生的誓言

警察的节日

也想找个时间
和家人一起享受生活的甜蜜
也想找个理由
给身心放一次轻松的假期

翻翻台上的日历
三百六十五个日子
警察找不到自己的节日

普通的日子
加班加点是警察的工作特色
欢庆的节日
值班备勤是警察的节日特色

害怕节日里
亲人偶尔流露的埋怨眼神
更怕节日里
群众的生命财产受到侵害

也有一时的怨气，却有一生的无悔
没有节日的警察，默默地坚守在
每一个节日的背后

警嫂控诉会

过年，一次家属座谈会
成了警嫂们的控诉会

母亲住院开刀
老吴一天也没服侍过
医院、单位、家里
我一个人忙得像陀螺

老张出差一个月
我阑尾发炎住院一星期
可怜儿子没人照顾

忽闪着美丽的大眼睛
准警嫂欲说还休
一个人的约会，不提也罢

男人们沉默，或者讪笑
让她们发泄一下吧

其实，唇枪舌剑下
她们都有一颗善解人意的心

我想对你说

为了一个线索
错过了你的生日
可是，我的祝福没有过期

亲爱的，我想对你说
对你的爱意始终如一
不管我身在何处

南山北水，东风西雨
刑警的脚步一直在跋涉
无论多远，你永远是我的归途

你的委屈和无奈
我懂，我疼惜
可我承担着更重的职责

我的奔波中有你的牵挂
感谢你今生为我守候

亲爱的，我想对你说
——

一场吵不起来的架

第一天，牵挂
第三天，忧怨参半
第六天，已是满腔怒火
电话不接，短信不回
一个心不在家的男人
失踪了一个星期

风尘仆仆，男人一跨进客厅
语言的子弹迅速出击
一张讪笑的脸晃了一下
高大的身躯轰然倒下
沙发上响起了震耳的鼾声

疲惫顺着男人的脸色
慢慢爬上了女人的胸口
心疼，放下了伪装
轻轻地盖上一件薄毯
结束了一场吵不起来的架

警嫂的生活
经常是一场没有对手的
独角戏

父亲与儿子

儿子眼里，父亲
是一个在时光上跳跃的身影
从不兑现的承诺
隐藏在发黄的家庭相册中

成长的轨迹
缺少一只有力的大手
母亲的白发滋生了儿子的怨

九零后的脚印
踩上六零后的足迹
两个背对背的男人
却选择了同一种职业

一对父子，两代警察
共和国的警徽下
跳动着两颗同样忠诚的心

有一天，儿子也当了父亲
渐渐地，他读懂了
自己的父亲

目光

母亲不爱说话
一双手操劳着四季温饱
做了三年警嫂
父亲成了墙上的一幅画

在母亲的目光里
他的身体节节拔高
思想却常与父亲的目光对话
关于生死，关于理想

母亲的目光里有他的衣食冷暖
父亲的目光，深邃悠远
让他一读，再读

有一天，他在警徽下
与父亲的目光对视
身后，母亲的目光一片潮湿

父亲在微笑
他追随着那一道目光
一路向前

法医的爱情

手术刀抽丝剥茧
在腐尸上寻找证据
眼睛看着血腥和罪恶
心却很透明

他的手很白，干净得
远离一切尘埃
却从不主动与人握手

体温比正常人低两度
他的爱情也一直
处于低温状态

离市井很远
离天堂，也很远
一个法医的爱情
距离莫测

一个缉毒警的秘密

一直游离在你的视线之外
刀尖上的追缉
每一次都揪疼了你的心

警服威严成我的盾牌
警徽闪耀着我的誓言
叮咛和埋怨
都被远远地抛在脑后

一次缉捕
匕首刺入了我的眼
泪，流得肆无忌惮
血水里，一颗心不再掩饰

亲爱的，其实我也怕

风筝飞得再高
也怕断了线
回不了家

警嫂的除夕夜

万家灯火团圆夜
她的家
经常缺一个人的身影

每个节庆假日
经常用半个相思
托起一个家的圆满

曾经怨过，也悔过
那张疲惫的脸
那叠鲜红的奖状
让她心疼，也让她自豪

除夕，带着热气腾腾的饺子
走进丈夫的值班室
一声声嫂子
喊出了眼里的喜悦和泪花

每人吃一个饺子
吃出了团圆的夜
吃出了浓浓的情

排爆手的遗书

每一次出警前
都要掏出心底最隐蔽的软

父亲的目光
母亲的叮咛
妻儿的眷恋
此刻，温情倾注于笔端

每天与炸药、雷管
起爆装置打交道的人
离危险最近
却希望家人，离幸福最近

一字一行写着自己的爱
每一次书写
都希望，白费了功夫

第五辑　罂粟花开

诱惑一旦成魔
罂粟花的世界，就只剩下
罪恶

罂粟花开

家境贫瘠
缺少阳光和爱
却也长得可爱如花

十六岁，夜有毒
一个男人辣手摧花
清新雏菊变成了罂粟花开

人性的白，生活的黑
罂粟花开，毁灭的诱惑

在罂粟花里放任自流
少女的身体里魔鬼纵横
拿什么拯救你呀
罂粟花开，本身无毒

罂粟花，英雄花
诱惑一旦成魔
罂粟花的世界，就只剩下
罪恶

最愚蠢的人

将旁人的财物窃为己有
他盗窃的，是自己的自由

匕首抵在人质的脖子上
他劫持的，是自己的生命

抢劫了，杀人了
魔鬼出没，一时的放纵
早已陷入万丈深渊

善与恶的边界
法律，警钟长鸣

最愚蠢的人
却依然在伤害自己

视频里的窃贼

财物到手
手铐也如期而至
男人的狡辩如困兽在嚎叫

无须多言
放一段无声电影
导演、主角集于一身
男子撬门入室

铁证面前
男子绝望地看着视频
自己出卖了自己

空气不说话，风也不张扬
有一种力量却在暗中
不断地蔓延

头上三尺，确有神明
法眼，无处不在

幸运的孩子

清晨，草丛里的弃婴
惊吓了清洁工人的眼睛

是情爱的结晶
还是罪恶的证据
无辜的生命在啼哭声中
寻求答案

110 找不到他的家
女警的怀抱只是暂时的依靠

又一次来到福利院
第一次，女警流泪了
第二次，心好痛
第三次，平静地办好手续

那是一群曾被遗弃的天使
残缺的，健康的

默默地看了一眼，女警走了
经历了更多，她知道
这些活着的孩子还是幸运的

投河的女子

贫贱夫妻百事哀
争吵
比点钱的次数要多

一地鸡毛
蒜皮的味道
常常刺激女人的神经

她在水中挣扎
男人飞奔而来

他不会游泳
却变成了一条鱼
永远留在了水里

阴差阳错
被救的女子
心，也被淹死在
水里

十五岁的卖淫女

胆怯、愚昧
是穿在她身上
廉价的单衣

自尊、羞耻
是挂在橱窗里
昂贵的霓裳

六十元就是贞操
一个猥琐的男人
轻而易举地
买下

第三次交易
让她走进了审讯室

看着十五岁的卖淫女
一位中年女警
不知道该怎样
开口问话

路边乞讨的孕妇

隆起的肚子
让马路变得触目惊心

第一次看到她
心不由得疼了一下
我用怜惜与母爱温暖一下
地上冰冷的简历

第二年秋，另一座城市
臃肿的身体再次刺痛我的双眼
一份简历读不透千万个疑惑
借女儿的一双小手
把一份母爱，献给腹中的胎儿

第三年冬，我冷漠地扔下
她挺肚乞讨的背影
腹中的胎儿为她赚来了金钱
却留给我一个伤痛的谜

前两个孩子在哪里

溺死四个孩子的女人

站成阶梯的四个男孩
最大的四岁
最小的六个月

争吵伴着打架
丰富着男人和女人的生活

清晨，乡野
女人把断子绝孙
一一抛进水塘

远处，一个男人
轰然倒地

淹没水中的最后一声
呼唤，扯疼了天下所有
母亲的心

而这个女人
却玷污了
一个神圣的名词

爬上吊塔的讨薪者

爬上吊塔
不是为了死亡

站在高处的生命
才是生命

三年的苦劳力
换不来老母的治病钱
和小儿的读书费

选择沉默
就只能在城市的荒漠
等待死亡

命运究竟掌握在
谁的手里

挟持自己的生命
高喊一声
还我血汗钱

解救一个孩子

城里，你是优秀少年
富贵父母的掌中宝
而你，又是一位乡妇
十年的泪和痛

我们跋山涉水
抓住了那个拐卖你的人
却换来了
你怨恨的眼神

你不愿意
像弟弟妹妹们一样
在四处透风的危房里上学
不愿意沿着崎岖的山路
走回那座低矮的小屋

当然，这不是你的错
一岁时被拐卖
十年了，你的世界
早已天翻地覆

午夜恶魔

善，从小营养不良
恶却一点一点长大了

父丧，母离
影子陪着他度过了十三岁

性，暴力，血腥
沉迷着，麻醉着孤独的灵魂

十四岁，恶魔来了
午夜，行人演绎一段段惊魂

九个月，恶魔的一段传奇
终结在一个下夜班女工
赤裸的胸口

恶魔在笑，他在笑
一个十四岁的少年在笑

望着囚牢的窗口
他对天空说
来生，愿做一只鸟儿

有一种爱叫做谋杀

贫穷失去了青春
颓废成了他的外衣

女人的心，不在了
家，就成了一个空壳

另一个男人如鬼魅
潜伏在他和她的世界
女人的笑，已不属于他

暧昧的短信点燃了夜的怒火
男性的尊严在女人的冷笑中自焚
一双手扼住了生活的喉管

有一种爱叫做谋杀
女人最后的泪，落在了
他的手背上
家碎了

三岁的幼儿不懂
妈妈去了天堂，还是地狱
而爸爸的归期呢

他的尊严

七月，燥热着每一个细胞
逼仄的生存空间
一条缺氧的鱼
在陆地上挣扎

失去了一条胳膊
就失去了生活的重心

无所事事的人
游离在人们的视线之外
旁人不经意的讥笑
瞬间点燃了自卑的火苗

尊严不堪一击
利刃划出鲜血的弧度
一声惨叫中
他又失去了自由

二十岁的夏天
一个独臂青年仰望天空
泪流满面

美丽陷阱

酒不醉，人自醉
醉在红唇，蠢蠢欲动

话题暧昧，在咀嚼中发酵
春心荡漾，一室混沌

美酒一瓶接一瓶
换来娇颜绯红
也换来豪气冲天
为博佳人笑，愿挥千万金

色字头上，磨刀霍霍
意乱情迷中，乾坤颠倒
佳人笑，声渐远
醉生梦死，不自知

空酒瓶东倒西歪
一瓶，又一瓶
讥笑他
弹尽粮绝

拐卖

三年，七个孩子
在她手中变成了一沓沓钞票

山东的一岁，河南的三岁
湖北的半个月

眼泪、痛苦、生离死别
都与她无关，在意的
唯有金钱的多少

二十五岁，她结婚生子
半年后，她用一个五岁男孩
把自己送进了监狱
她不悔，只怨运气差

直到有一天
她那未满周岁的儿子
也莫名失踪了

痛苦和后悔
以数以万倍的能量
一齐刺向她

活着，总得有个理由

二十五岁
时尚却廉价的衣裙
裹着三四十岁的沧桑

五十多岁的男人买欢
她用眼泪迎接破门而入的警察

审讯室
平静的供述背后
有着怎样惊心动魄的真相

月，羞愧地躲进了云层
她带着警察走进了出租屋

床上，五岁的大囡
搂着半岁的女婴，两朵花儿
正在梦中的天堂嬉戏

一个女警看着，看着
湿了眼眶
她却无声地笑了

一个人的错

一句口角，拔刃相见
一个人失去了脾脏
一个人失去了自由

理智，总是伴着痛苦而来
逞能快意时，魔鬼当道

后悔，总是躲在时间的背后
在逼仄的牢笼里
啃噬深藏在骨头里的善

黑暗里惩罚罪恶
阳光下现身说法

执迷不悟的人
痛苦才是最好的老师

痛过之后才会明白
一个人的错
常常需要许多人来承受

赌 徒

把自己放在赌桌上的人
命运放在了自己手上

从输掉金钱开始
输掉妻子
再输掉孩子

财富是浮云
尊严也虚无缥缈
赌徒的心里装着什么

东西南北中
牢笼是最后的归宿

忠言无力
一个赌徒倒下了

警钟不醒
另一个赌徒酣战正疯

醉

神志一旦臣服于酒精
世界就开始浑浊了

一个女人在手舞足蹈
尊严和羞耻睡着了

一个男人在汽车里飞翔
生命不堪一击

两个男人在舞刀弄棒
酒精点燃怒火疯狂叫嚣

一群人在狂欢
群魔乱舞，世界颠倒

酒无罪
所以受罚的不是它

一切后果
由贪杯的人埋单

如何寻找

五年里盗财窃物
十八岁的深秋
他如一枚落叶飘入了囹圄

三年，光阴如丝
抽除了狂妄和逆反
法律如春雨滋润着心田
羞耻也长出了新芽

明天就要自由了
一颗心却无法松绑
远离恶，他迎来了新生
与善为伍，心却不安了

终于明白
那些年失去了什么

如今的痛苦
是在自由的阳光下
如何寻找
尊严、骄傲和幸福

第六辑　赞歌献给你

把赞歌真诚地献给你

共和国的旗帜下

一名普通的人民警察

赞歌献给你

——谨以此诗献给千千万万平凡的人民警察

1

如果，你是天空中的一颗星星
那么，清风把赞歌献给你
平凡如你，也闪耀着明亮的光辉

如果，你是大海里的一朵浪花
那么，阳光把赞歌献给你
平凡如你，也跳跃着晶莹的水韵

如果，你是草原上的一棵小草
那么，雨露把赞歌献给你
平凡如你，也点缀着春天的色彩

呵，平凡如你
共和国的旗帜下
一名普通的人民警察
我们也把赞歌献给你

你是深山野岭里一名森林警察
大地的胸襟，树木的性格
因为有你，守护着一方净土

你是繁华都市里一名交通警察
迎风沐雨，指挥车水马龙
因为有你，守护着一路平安

你是户籍窗口一朵美丽的鲜花
服务民生，传播温暖
因为有你，警民关系鱼水情深

你是缉毒战线一把锋利的尖刀
追凶惩恶，捍卫法律
因为有你，平安幸福与民同行

你的目光，搜索在每一个监控视频
目标与思维相互交错
你的身影，巡逻在每一条大街小巷
星光与警徽交相辉映
你的耳朵，聆听着每一次呼救警情
警笛与呼吸共同起浮

2

呵，平凡如你
大众化的脸谱和身影
淹没在熙熙攘攘的人群中
警徽下的一句誓言
却让你拥有一颗与众不同的心

为了寻求真相，一把手术刀
在腐烂与熏臭中奋战一个通宵
平凡如你，只是一名普通法医

为了擒住歹徒，赤手空拳
与匕首和棍棒殊死搏斗
平凡如你，只是一名普通刑警

为了救助群众，寒冬腊月
在刺骨的河水中游泳
平凡如你，只是一名退休警察

呵，平凡如你
没有惊天动地的英勇事迹
没有鲜红的奖状和锦旗
可是，我们要把赞歌献给你

平安小区，有你数年如一日
访家问户的身影
治安卡口，有你一年四季
披星戴月的守候
天南地北，有你风雨无阻
千辛万苦的追捕

万家灯火团圆夜
平凡如你，坚守在值班岗位
节庆周末欢聚日
平凡如你，巡逻在安保一线

谈不上丰功伟绩
只是兢兢业业，恪尽职守
说不上崇高伟大
只是日复一日，践行誓言

警徽下的那一句誓言啊
伴随着每一次刀霜剑雨
送走了冬，迎来了春

3

那句誓言，只说一次就够了
藏在心里，践行一生
你用脚步丈量巡逻的道路
你用目光鉴别嫌疑的线索
你用汗水解开案件的谜团
你用鲜血染红锃亮的手铐

多少委屈都可以承受
只要老百姓一次真诚的谢意
多少伤痛都可以隐忍
只要穷凶恶徒不再逍遥法外

呵，平凡如你
即使是一颗星星
也要闪耀宇宙的光芒
即使是一朵浪花
也要拥有大海的情怀
即使是一棵小草
也要散发春天的气息

因为有你，共和国的天空才会如此祥和
因为有你，警徽的光芒才会如此耀眼
因为有你，人民的生活才会如此幸福

那么，请接受我们的赞歌吧
除夕夜的天空
那一道道绚丽的烟花
是人民群众献给你的赞歌
节假日的公园广场
那一张张幸福的笑脸
是人民群众献给你的赞歌

把赞歌真诚地献给你
共和国的旗帜下
一名普通的人民警察

图书在版编目（CIP）数据

百味110／蓝鸿著．—北京：群众出版社，2013.6

ISBN 978－7－5014－5133－3

Ⅰ．①百…　Ⅱ．①蓝…　Ⅲ．①诗集—中国—当代　Ⅳ．①I227

中国版本图书馆CIP数据核字（2013）第104891号

百味110

蓝　鸿　著

出版发行：群众出版社

地　　址：北京市西城区木樨地南里

邮政编码：100038

经　　销：新华书店

印　　刷：北京蓝空印刷厂

版　　次：2013年6月第1版

印　　次：2013年6月第1次

印　　张：5.25

开　　本：880毫米×1230毫米　1/32

字　　数：140千字

书　　号：ISBN 978－7－5014－5133－3

定　　价：30.00元

网　　址：www.qzcbs.com

电子邮箱：qzcbs@sohu.com

营销中心电话：010－83903254

读者服务部电话（门市）：010－83903257

警官读者俱乐部电话（网购、邮购）：010－83903253

文艺分社电话：010－83901330　010－83903973